# 白石 詩集 사슴

# 사
# 슴

초판 1쇄 인쇄 2021년 1월 8일
초판 1쇄 발행 2021년 1월 15일

지은이 백석
펴낸이 남기성

펴낸곳 도서출판 쿵(프로젝트A)
인쇄,제작 데이타링크
출판사등록 신고번호 제 2017-000028호
주소 서울 특별시 마포구 월드컵북로 400 2층 20호 P—2
대표전화 (070)7555—9653
이메일 sung0278@naver.com

ISBN 979-11-91200-12-6 03810

# 白石 詩集 사슴

차례

## 3. 노루



## 4. 국수당 넘어

## 5. 나와 나타샤와 흰 당나귀

## 6. 남신의주 유동 박시봉방

# 1 얼룩소 새끼의 영각

## 가즈랑집

승냥이가 새끼를 치는 전에는 *쇠메든 도적이 났다는 가즈랑고개

가즈랑집은 고개 밑의
산 너머 마을서 도야지를 잃는 밤 즘생을 쫓는 *깽제미 소리가 무서웁게 들려오는 집
닭 개 즘생을 못 놓는
멧도야지와 이웃사춘을 지나는 집

예순이 넘은 아들 없는 가즈랑집 할머니는 중같이 정해서 할머니가 마을을 가면 긴 담뱃대에 독하다는 *막써레기를 멧대라도 붙이라고 하며

간밤에 섬돌 아래 승냥이가 왔었다는 이야기
어느메 산골에선간 곰이 아이를 본다는 이야기

나는 돌나물김치에 백설기를 먹으며
녯말의 *구신집에 있는 듯이

가즈랑집 할머니

내가 날 때 죽은 누이도 날 때

무명필에 이름을 써서 백지 달아서 구신간시렁의 *당즈깨에 넣어 대감님께 *수영을 들였다는 가즈랑집 할머니

언제나 병을 앓을 때면

*신장님 단련이라고 하는 가즈랑집 할머니

구신의 딸이라고 생각하면 슬퍼졌다

토끼도 살이 오른다는 때 아르대즘퍼리에서 제비꼬리 *마타리 쇠조지 가지취 고비 고사리 두릅순 회순 산나물을 하는 가즈랑집 할머니를 따르며

나는 벌써 달디단 물구지우림 둥굴레우림을 생각하고

아직 멀은 도토리묵 도토리범벅까지도 그리워한다

뒤울안 살구나무 아래서 광살구를 찾다가

살구벼락을 맞고 울다가 웃는 나를 보고

밑구멍에 털이 멫자나 났나 보자고 한 것은 가즈랑집 할머니다

찰복숭아를 먹다가 씨를 삼키고는 죽는 것만 같아 하로 종일 놀지도 못하고 밥도 안 먹은 것도

가즈랑집에 마을을 가서

당세 먹은 강아지같이 좋아라고 *집오래를 설레다가 였다

*쇠메 : 쇠로 만든 메
*깽제미 : 갱지미. 놋쇠로 만든 반찬 그릇의 하나
*막써레기 : 마구잡이로 썰어놓은 담배
*구신집 : 무당집
*당즈께 : 고리짝의 방언. 버들고리나 대오리 따위로 엮어 만든 옷 상자
*수영 : 수양(收養). 데려다 기른 딸이나 아들
*신장님 : 귀신 가운데 무력을 맡은 장수신.
*마타리 : 마타릿과의 여러해살이풀
*집오래 : 집 울타리 안팎

## 여우난골족

명절날 나는 엄매 아배 따라 우리집 개는 나를 따라 진할머니 진할아버지 있는 큰집으로 가면

얼굴에 별자국이 솜솜 난 말수와 같이 눈도 껌벅거리는 하루에 베 한 필을 짠다는 벌 하나 건넛집엔 복숭아나무가 많은 신리(新里) 고무, 고무의 딸 이녀(李女), 작은 이녀

열여섯에 사십이 넘은 홀아비의 후처가 된, 포족족하니 성이 잘 나는, 살빛이 매감탕 같은 입술과 젖꼭지는 더 까만, 예수쟁이 마을 가까이 사는 토산(土山) 고무, 고무의 딸 승녀(承女), 아들 승동이

육십리(六十里)라고 해서 파랗게 뵈이는 산을 넘어 있다는 해변에서 과부가 된 코끝이 빨간 언제나 흰 옷이 정하든, 말 끝에 설게 눈물을 짤 때가 많은 큰골 고무, 고무의 딸 홍녀(洪女), 아들 홍동이, 작은 홍동이

배나무접을 잘하는 주정을 하면 토방돌을 뽑는 *오리치를 잘 놓는 먼 섬에 반디젓 담그러 가기를 좋아하는 삼춘, 삼춘 엄매, 사춘 누이, 사춘 동생들

이 그득히들 할머니 할아버지가 안간에들 모여서 방 안에서는 새 옷의 내음새가 나고

또 인절미, 송구떡, 콩가루차떡의 내음새도 나고, 끼때의 두부와 콩나물과 뽂운 잔디와 고사리와 도야지비계는 모두 선득선득하니 찬 것들이다

저녁술을 놓은 아이들은 *외양간섶 밭마당에 달린 배나무 동산에서 쥐잡이를 하고 숨굴막질을 하고 꼬리잡이를 하고 가마타고 시집가는 놀음 말타고 장가가는 놀음을 하고 이렇게 밤이 어둡도록 북적하니 논다

밤이 깊어 가는 집안엔 엄매는 엄매들끼리 아르간에서들 웃고 이야기하고 아이들은 아이들끼리 웃간 한 방을 잡고 조아질하고 쌈방이 굴리고 *바리깨돌림하고 호박떼기하고 제비손이구손이하고 이렇게 *화디의 사기방 등에 심지를 몇 번이나 돋우고 홍게닭이 몇 번이나 울어서 졸음이 오면 아릇목싸움 자리 싸움을 하며 히드득거리다 잠이 든다. 그래서는 문창에 텅납새의 그림자가 치는 아츰 시누이 *동세들이 육적하니 홍성거리는 부엌으론 샛문 틈으로 장지문 틈으로 무이징게 국을 끓이는 맛있는 내음새가 올라오도록 잔다

*오리치 : 올가미의 방언
*외양간섶 : 외양간 '옆'의 평안도 방언
*바리깨 : 주발 뚜껑의 평안도 방언
*화디 : 등잔걸이의 평안북도 방언
*동세 : 동서의 방언

## 고방

낡은 질동이에는 갈 줄 모르는 늙은 *집난이같이 송구떡이 오래도록 남아 있었다

오지항아리에는 삼춘이 밥보다 좋아하는 찹쌀탁주가 있어서
삼춘의 *임내를 내어가며 나와 사촌은 시큼털털한 술을 잘도 채어 먹었다

제삿날이면 귀먹어리 할아버지 가에서 왕밤을 밝고 싸리꼬치에 두부산적을 께었다

손자 아이들이 파리떼같이 모이면 곰의 발 같은 손을 언제나 내어 둘렀다

구석의 나무*말쿠지에 할아버지가 삼는 소신 같은 짚신이 둑둑이 걸리어도 있었다

넷말이 사는 컴컴한 고방의 쌀독 뒤에서 나는 저녁끼때

에 불으는 소리를 듣고도 못 들은 척하였다

*집난이 : 시집간 딸의 평안북도 방언
*임내 : 흉내
*말쿠지 : 말코지의 평안북도 방언. 물건을 걸어 두기 위하여 벽 따위에 달아 두는 나무 갈고리

## 모닥불

*새끼오리도 헌신짝도 소똥도 갓신창도 *개니빠디도 너울쪽도 짚검불도 가락잎도 머리카락도 헝겊 조각도 막대꼬치도 기왓장도 닭의 *짗도 개터럭도 타는 모닥불

재당도 초시도 문장(門長) 늙은이도 더부살이 아이도 새사위도 *갓사둔도 나그네도 주인도 할아버지도 손자도 붓장사도 땜쟁이도 큰 개도 강아지도 모두 모닥불을 쪼인다

모닥불은 어려서 우리 할아버지가 어미 아비 없는 설어운 아이로 불상하니도 몽둥발이가 된 슬픈 역사가 있다

*새끼오리 : 새끼줄. '오리'는 '올'의 평안도 방언
*개니빠디 : 개 이빨
*짗 : 깃털
*갓사둔 : 새 사돈

## 고야(古夜)

아배는 타관 가서 오지 않고 산비탈 외따른 집에 엄매와 나와 단둘이서 누가 죽이는 듯이 무서운 밤 집 뒤로는 어느 산골짜기에서 소를 잡어먹는 노나리꾼들이 도적놈들 같이 쿵쿵거리며 다닌다

*날기멍석을 져간다는 닭보는 할미를 차 굴린다는 땅아래 고래 같은 기와집에는 언제나 니차떡에 청밀에 은 금보화가 그득하다는 외발 가진 *조마구 뒷산 어느메도 조마구네 나라가 있어서 오줌 누러 깨는 재밤 머리맡의 문살에 대인 유리창으로 조마구 군병의 새까만 대가리 새까만 눈알이 들여다보는 때 나는 이불 속에 자즈러 붙어 숨도 쉬지 못한다

또 이러한 밤 같은 때 시집갈 처녀 막내 고무가 고개 너머 큰집으로 치장감을 가지고 와서 엄매와 둘이 소기름에 쌍심지의 불을 밝히고 밤이 들도록 바느질을 하는 밤 같은 때 나는 아룻목의 *삿귀를 들고 쇠든밤을 내어 다람쥐처럼 밝어 먹고 *은행여름을 인두불에 구어도 먹고 그러다는 이

불 우에서 광대넘이를 뒤이고 또 누워 굴면서 엄매에게 웃목에 두른 평풍의 새빨간 천두의 이야기를 듣기도 하고 고무더러는 밝는 날 멀리는 못 난다는 뫼추라기를 잡어 달라고 조르기도 하고

내일같이 명절날인 밤은 부엌에 쩨듯하니 불이 밝고 솥뚜껑이 놀으며 구수한 내음새 곰국이 무르끓고 방 안에서는 일가집 할머니가 와서 마을의 소문을 펴며 조개송편에 달송편에 죈두기송편에 떡을 빚는 곁에서 나는 밤소 팥소 설탕 든 콩가루소를 먹으며 설탕 든 콩가루소가 가장 맛있다고 생각한다

나는 얼마나 반죽을 주무르며 흰가루손이 되여 떡을 빚고 싶은지 모른다

선달에 *냅일날이 들어서 냅일날 밤에 눈이 오면 이 밤엔 쌔하얀 할미귀신의 눈귀신도 냅일눈을 받노라 못 난다는 말을 든든히 녀기며 엄매와 나는 앙궁 우에 떡돌 우에 *곱새담 우에 함지에 *버치며 대냥푼을 놓고 치성이나 드리듯이 정한 마음으로 냅일눈 약눈을 받는다

이 눈세기물을 내빌물이라고 제주병에 진상항아리에 채워두고는 해를 묵여가며 고뿔이 와도 배앓이를 해도 *갑피기를 앓어도 먹을 물이다

*날기 : 낟알의 평안남도 방언
*조마구 : 조막의 북안어. 주먹보다 작은 물건의 덩이를 비유적으로 이르는 말
*삿귀 : 갈대를 엮어서 만든 자리의 가장자리
*은행여름 : 은행열매. 여름은 열매의 함경도 방언
*쩨듯하니 : 환하게
*냅일날 : 한 해를 마무리하며 조상이나 종묘 또는 사직에 제사 지내는 날
*곱새담 : 이엉을 덮은 담을 뜻한다. 곱새는 용마름의 북한어다
*버치 : 자배기보다 조금 깊고 아가리가 벌어진 큰 그릇
*갑피기 : 이질의 평안북도 방언

## 오리 망아지 토끼

오리치를 놓으려 아배는 논으로 나려간 지 오래다
오리는 동비탈에 그림자를 떨어뜨리며 날아가고 나는 *동말랭이에서 강아지처럼 아배를 부르며 울다가
*시악이 나서는 등 뒤 개울물에 아배의 신짝과 버선목과 대님오리를 모다 던져버린다.

장날 아츰에 앞 행길로 엄지 따러 지나가는 망아지를 내라고 나는 조르면 아배는 행길을 향해서 크다란 소리로
— *매지야 오나라
— 매지야 오나라

*새하려 가는 아배의 지게에 치워 나는 산으로 가며 토끼를 잡으리라고 생각한다
맞구멍 난 토끼굴을 아배와 내가 막어서면 언제나 토끼새끼는 내 다리 아래로 달어났다
나는 서글퍼서 서글퍼서 울상을 한다

*동말랭이 : 말랭이는 마루의 평안남도의 방언. 동쪽에 있는 등성이를 뜻한다
*시악 : 성미로 부리는 악
*매지 : 망아지의 평안도 방언
*새하려 : 나무하다의 평안도 방언

# 2 돌덜구의 물

## 초동일(初冬日)

흙담벽에 볕이 따사하니
아이들은 물코를 흘리며 무감자를 먹었다

돌덜구에 천상수(天上水)가 차게
복숭아나무에 시라리타래가 말러갔다

## 하답(夏畓)

*짝새가 발뿌리에서 *날은 논드렁에서 아이들은 개구리의 뒷다리를 구어먹었다

게구멍을 쑤시다 물쿤하고 배암을 잡은 늪의 피 같은 물이끼에 햇볕이 따그웠다

돌다리에 앉어 날버들치를 먹고 몸을 말리는 아이들은 물총새가 되었다

*짝새 : 뱁새
*날은 : 일어나다의 고어

## 주막(酒幕)

호박잎에 싸오는 붕어곰은 언제나 맛있었다

부엌에는 빨갛게 질들은 *팔(八)모알상이 그 상 우엔 새파란 싸리를 그린 눈알 만한 잔(盞)이 뵈였다

아들아이는 범이라고 장고기를 잘 잡는 앞니가 빼드러진 나와 동갑이었다

*울파주 밖에는 장꾼들을 따러와서 엄지의 젖을 빠는 망아지도 있었다

*팔(八)모알상 : 팔각 모양의 상
*울파주 : 울바자의 평안도 방언. 울타리에 쓰는 바자

## 적경(寂境)

신 살구를 잘도 먹드니 눈오는 아츰

나어린 안해는 첫아들을 낳었다

인가(人家) 멀은 산(山)중에

까치는 배나무에서 짖는다

컴컴한 부엌에서는 늙은 홀아비의 시아부지가 미역국을 끓인다

그 마을의 외따른 집에서도 산국을 끓인다

## 미명계(未明界)

자근 닭이 울어서 술국을 끓이는 듯한 추탕집의 부엌은 뜨수할 것같이 불이 뿌연히 밝다

초롱이 히근하니 물지게꾼이 우물로 가며
별 사이에 바라보는 그믐달은 눈물이 어리었다

행길에는 선장 대어 가는 장꾼들의 종이들에 나귀눈이 빛났다
어데서 서러웁게 목탁을 뚜드리는 집이 있다

## 성외(城外)

어두워오는 성문(城門)밖의 거리
도야지를 몰고 가는 사람이 있다

엿방 앞에 *엿궤가 없다

양철통을 쩔렁거리며 달구지는 거리끝에서 江原道로 간다는 길로 든다

술집 문창에 그느슥한 그림자는 머리를 얹혔다

*엿궤 : 엿을 담는 속이 얕은 목판

## 추일산조(秋日山朝)

아츰 볕에 섶구슬이 한가로히 익는 골짝에서 꿩은 울어 산울림과 장난을 한다

산마루를 탄 사람들은 *새꾼들인가
파란 한울에 떨어질 것같이
웃음소리가 더러 산 밑까지 들린다

순례(巡禮)중이 산을 올라간다
어젯밤은 이 산 절에 재(齊)가 들었다

무리돌이 굴어나리는 건 중의 발꿈치에선가

*새꾼 : 나무꾼의 평안도 방언

## 광원(曠原)

흙꽃 니는 이른 봄의 무연한 벌을
경편철도(輕便鐵道)가 노새의 맘을 먹고 지나간다

멀리 바다가 뵈이는
가정차장(假停車場)도 없는 벌판에서
차(車)는 머물고
젊은 새악시 둘이 나린다

## 흰 밤

옛 성의 돌담에 달이 올랐다
묵은 초가지붕에 박이
또 하나 달같이 하이얗게 빛난다
언젠가 마을에서 수절과부 하나가 목을 매어 죽은 밤도 이러한 밤이었다

# 3
# 노루

## 청시(靑柹)

별 많은 밤

*하누바람이 불어서

푸른 감이 떨어진다 개가 짖는다

*하누바람 : 하늬바람. 북쪽에서 부는 바람.

## 산비

산뽕잎에 빗방울이 친다

멧비둘기가 닌다

나무등걸에서 자벌기가 고개를 들었다 멧비둘기켠을 본다

## 쓸쓸한 길

거적장사 하나 산 뒷옆 비탈을 오른다
아 - 따르는 사람도 없이 쓸쓸한 쓸쓸한 길이다
산까마귀만 울며 날고
도적갠가 개 하나 어정어정 따러간다
*이스라치전이 드나 머루전이 드나
수리취 땅버들의 하이얀 복이 서러웁다
*뜨물같이 흐린 날 동풍(東風)이 설렌다

*이스라치 : 산앵두
*뜨물 : 곡식을 씻어 내 뿌옇게 된 물

## 자류

남방토 풀 안 돋은 양지귀가 본이다
햇비 멎은 저녁의 노을 먹고 산다

태고에 나서
선인도가 꿈이다
고산정토에 산약캐다 오다

달빛은 이향
눈은 정기 속에 어우러진 싸움

## 머루밤

불을 끈 방안에 횃대의 하이얀 옷이 멀리 추울 것같이

개방위(方位)로 말방울 소리가 들려온다

문(門)을 열다 머루빛 밤한울에
송이버섯의 내음새가 났다

## 여승(女僧)

여승(女僧)은 합장(合掌)하고 절을 했다
*가지취의 내음새가 났다
쓸쓸한 낯이 옛날같이 늙었다
나는 불경(佛經)처럼 서러워졌다

평안도의 어느 산 깊은 *금덤판
나는 파리한 여인에게서 옥수수를 샀다
여인은 나어린 딸아이를 따리며 가을밤같이 차게 울었다

*섶벌같이 나아간 지아비 기다려 십 년이 갔다
지아비는 돌아오지 않고
어린 딸은 도라지꽃이 좋아 돌무덤으로 갔다

산꿩도 설게 울은 슬픈 날이 있었다
산절의 마당귀에 여인의 머리오리가 눈물방울과 같이 떨어진 날이 있었다

*가지취 : 참취나물. 식용 산나물의 한 가지.
*금덤판 : 금점판(金店)판. 금광의 일터.
*섶벌 : 울타리 옆에 놓인 벌통에서 꿀을 따 모으려고 분주히 드나드는 재래종 꿀벌.

## 수라(修羅)

거미새끼 하나 방바닥에 나린 것을 나는 아무 생각 없이 문 밖으로 쓸어 버린다
차디찬 밤이다

어니젠가 새끼거미 쓸려나간 곳에 큰 거미가 왔다
나는 가슴이 짜릿한다
나는 또 큰 거미를 쓸어 문 밖으로 버리며
찬 밖이라도 새끼 있는 데로 가라고 하며 서러워한다

이렇게 해서 아린 가슴이 싹기도 전이다.
어데서 좁쌀알 만한 알에서 가제 깨인 듯한 발이 채 서지도 못한 무척 작은 새끼거미가 이번엔 큰 거미 없어진 곳으로 와서 아물거린다
나는 가슴이 메이는 듯하다
내 손에 오르기라도 하라고 나는 손을 내어미나 분명히 울고불고할 이 작은 것은 나를 무서우이 달어나 버리며 나를 서럽게 한다
나는 이 작은 것을 고이 보드러운 종이에 받어 또 문 밖

으로 버리며

이것의 엄마와 누나나 형이 가까이 이것의 걱정을 하며 있다가 쉬이 만나기나 했으면 좋으련만 하고 슬퍼한다

# 비

아카시아들이 언제 흰 두레방석을 깔았나
어데서 물쿤 개비린내가 온다

## 노루

산골에는 집터를 *츠고 *달궤를 닦고
보름달 아래서 노루고기를 먹었다

*츠고 : 치고. 불필요하게 쌓인 물건을 옮기어 깨끗이 하다.
*달궤 : 달구. 땅을 단단히 다지는 데 쓰는 기구.

# 4 국수당 넘어

## 절간의 소 이야기

병이 들면 풀밭으로 가서 풀을 뜯는 소는 인간(人間)보다 영(靈)해서 열 걸음 안에 제 병을 낫게 할 약(藥)이 있는 줄을 안다고

수양산의 어느 오래된 절에서 七十이 넘은 로장은 이런 이야기를 하며 치맛자락의 산나물을 *추었다

*추었다 : 추다. 추렸다의 뜻.

## 통영(統營)

옛날엔 통제사가 있었다는 낡은 항구의 처녀들에겐 옛날이 가지 않은 천희(千姬)라는 이름이 많다

미역오리같이 말라서 굴 껍질처럼 말없이 사랑하다 죽는다는

이 천희(千姬)의 하나를 나는 어느 오랜 객주집의 생선가시가 있는 마루 방에서 만났다

저문 유월의 바닷가에선 조개도 울을 저녁 소라방등이 불그레한 마당에 김냄새 나는 비가 나렸다

## 오금덩이라는 곳

어스름 저녁 국수당 돌각담의 수무나무 가지에 여귀의 탱을 걸고 나물매 갖추어 놓고 *비난수를 하는 젊은 새악시들
— 잘먹고 가라 서리서리 물러가라 네 소원 풀었으니 다시 침노 말아라

*벌개눞역에서 바리깨를 뚜드리는 쇳소리가 나면
누가 눈을 앓어서 부증이 나서 찰거마리를 부르는 것이다
마을에서는 피성한 눈숡에 저린 팔다리에 거마리를 붙인다

여우가 우는 밤이면
잠없는 노친네들은 일어나 팥을 깔이며 방뇨를 한다
여우가 주둥이를 향하고 우는 집에서는 다음날 으레히 흉사가 있다는 것은 얼마나 무서운 말인가

*비난수 : 귀신에게 비는 소리.
*벌개눞역 : 벌건 늪 옆. 역은 '언저리'의 평안도 방언.

## 시기(柹崎)의 바다

저녁밥때 비가 들어서
바다엔 배와 사람이 흥성하다

참대창에 바다보다 푸른 고기가 께우며
섬돌에 곱조개가 붙는 집의 복도에서는 배창에 고기 떨어지는 소리가 들렸다

이즉하니 물기에 누굿이 젖은 왕구새자리에서 저녁상을 받은 가슴앓는 사람은 참치회를 먹지 못하고 눈물겨웠다

어득한 기슭의 행길에 얼굴이 해쓱한 처녀가 새벽달같이
아 아즈내인데 병인(病人)은 미역 냄새 나는 덧문을 닫고 버러지같이 누었다

## 정주성

산턱 원두막은 뷔었나 불빛이 외롭다
헌겊심지에 아즈까리 기름의 쪼는 소리가 들리는 듯하다

잠자리 조을든 무너진 성터
반딧불이 난다 파란 혼(魂)들 같다
어데서 말 있는 듯이 크다란 산새 한 마리 어두운 골짜기로 난다

헐리다 남은 성문이
하늘빛같이 훤하다
날이 밝으면 또 메기수염의 늙은이가 청배를 팔러 올 것이다

## 창의문외(彰義門外)

무이밭에 흰나비 나는 집 밤나무 머루넝쿨 속에 키질하는 소리만이 들린다

우물가에서 까치가 자꾸 짖거니 하면

붉은 수탉이 높이 샛더미 위로 올랐다

텃밭가 재래종의 임금나무에는 이제도 콩알 만한 푸른 알이 달렸고 히스무레한 꽃도 하나 둘 피어있다

돌담 기슭에 오지항아리 독이 빛난다

## 정문촌(旌門村)

주홍칠이 날은 정문(旌門)이 하나 마을 어구에 있었다

'효자노적지지정문(孝子盧迪之之旌門)' — 먼지가 겹겹이 앉은 목각(木刻)의 액(額)에 나는 열 살이 넘도록 갈지자(字) 둘을 웃었다

아카시아꽃의 향기가 가득하니 꿀벌들이 많이 날어드는 아침

구신은 없고 부헝이가 담벽을 띠쫗고 죽었다

기왓골에 배암이 푸르스름히 빛난 달밤이 있었다

아이들은 쪽재피같이 먼길을 돌았다

정문집 가난이는 열다섯에

늙은 말꾼한테 시집을 갔겄다

## 여우난골

박을 삶는 집

할어버지와 손자가 오른 지붕 우에 한울빛이 진초록이다

우물의 물이 쓸 것만 같다

마을에서는 *삼굿을 하는 날

건넌마을서 사람이 물에 빠져 죽었다는 소문이 왔다

노란 싸릿잎이 *한불 깔린 토방에 햇츨방석을 깔고

나는 호박떡을 맛있게도 먹었다

어치라는 山새는 벌배 먹어 고흡다는 골에서 돌배 먹고 알픈 배를 아이들은 열배 먹고 나았다고 하였다

*삼굿 : 삼의 껍질을 벗기기위하여 삼을 찌는 구덩이나 솥. 또는 삼을 찌는 행위.

*한불 : 하나 가득.

## 삼방(三防)

갈부던 같은 약수터의 산 거리엔 나무그릇과 다래나무 지팽이가 많다

산 너머 십오 리서 나무뒝치 차고 싸리신 신고 산비에 촉촉이 젖어서 약물을 받으려 오는 두멧아이들도 있다

아랫마을에서는 애기무당이 작두를 타며 굿을 하는 때가 많다

# 5 나와 나타샤와 흰 당나귀

## 통영(統營)

구마산(舊馬山)의 선창에선 좋아하는 사람이 울며 나리는 배에 올라서 오는 물길이 반날
갓 나는 고당은 갓 같기도 하다

바람맛도 짭짤한 물맛도 짭짤한

전복에 해삼에 도미 가재미의 생선이 좋고
파래에 아개미에 호루기의 젓갈이 좋고

새벽녘의 거리엔 쾅쾅 북이 울고
밤새껏 바다에선 뿡뿡 배가 울고

자다가도 일어나 바다로 가고 싶은 곳이다

집집이 아이만한 피도 안 간 대구를 말리는 곳
황화장사 영감이 일본말을 잘도 하는 곳
처녀들은 모두 어장주한테 시집을 가고 싶어한다는 곳
산 너머로 가는 길 돌각담에 갸웃하는 처녀는 금(錦)이

라는 이같고

내가 들은 마산(馬山) 객주(客主)집의 어린 딸은 난(蘭)이라는 이 같고

난(蘭)이라는 이는 명정(明井)골에 산다는데

명정(明井)골은 산을 넘어 동백나무 푸르른 감로(甘露) 같은 물이 솟는 명정(明井)샘이 있는 마을인데

샘터엔 오구작작 물을 긷는 처녀며 새악시들 가운데 내가 좋아하는 그이가 있을 것만 같고

내가 좋아하는 그이는 푸른 가지 붉게붉게 동백꽃 피는 철엔 타관 시집을 갈 것만 같은데

긴 토시 끼고 큰머리 얹고 오불고불 넘엣거리로 가는 여인은

평안도서 오신 듯한데 동백꽃 피는 철이 그 언제요

옛 장수 모신 낡은 사당의 돌층계에 주저앉어서 나는 이 저녁 울 듯 울 듯 한산도 바다에 뱃사공이 되어가며

*녕 낮은 집 담 낮은 집 마당만 높은 집에서 열나흘 달을 업고 손방아만 찧는 내 사람을 생각한다

*녕 : '지붕'의 평안북도 방언.

# 오리

오리야 네가 좋은 청명(淸明) 밑께 밤은
옆에서 누가 뺨을 쳐도 모르게 어둡다누나
오리야 이때는 *따디기가 되여 어둡단다

아무리 밤이 좋은들 오리야
해변벌에선 얼마나 너이들이 욱자지껄하며 멕이기에
해변땅에 나들이 갔든 할머니는
오리새끼들은 장몽이나 하듯이 떠들썩하니 시끄럽기도
하드란 숭인가

그래도 오리야 호젓한 밤길을 가다
가까운 논배미들에서
까알까알 하는 너이들의 즐거운 말소리가 나면
나는 내 말을 그 아는 사람들의 지껄지껄하는 말소리같
이 반가웁고나
오리야 너이들이 이야기판에 나도 들어
밤을 같이 밝히고 싶고나

오리야 나는 네가 좋구나 네가 좋아서
벌논의 늪 옆에 쭈구렁벼알 달린 짚검불을 널어놓고
닭이짗 *올코에 새끼달은치를 묻어놓고
동둑 넘어 숨어서
하로진일 너를 기다린다

오리야 고운 오리야 가만히 안겼거라
너를 팔어 술을 먹는 노장에 영감은
홀아비 *소의연 침을 놓는 영감인데
나는 너를 백통전 하나 주고 사오누나

나를 생각하든 그 무당의 딸은 내 어린 누이에게
오리야 너를 한쌍 주느니
어린 누이는 없고 저는 시집을 갔다건만
오리야 너는 한쌍이 날어가누나

*따디기 : 따지기. 이른 봄에 얼었던 흙이 풀리려고 할즈음.
*올코 : 올가미의 방언.
*소의연 : 소의원. 소의 병을 치료해주는 사람.

## *연자간

달빛도 거지도 도적개도 모다 즐겁다
풍구재도 얼럭소도 쇠드랑볕도 모다 즐겁다

도적괭이 새끼락이 나고
살진 쪽제비 트는 기지개에 길고

홰냥닭은 알을 낳고 소리치고
강아지는 겨를 먹고 오줌 싸고

개들은 게모이고 쌈지거리하고
놓여난 도야지 둥구재벼 오고

송아지 잘도 놀고
까치 보해 짖고

*신영길 말이 울고 가고
*장돌림 당나귀도 울고 가고

대들보 우에 베틀도 채일도 토리개도 모도들 편안하니
구석구석 후치도 보십도 소시랑도 모도들 편안하니

*연자간 : 곡식을 찧는 방앗간.
*신영 : 친영. 신랑이 신부의 집에 가서 신부를 직접 맞이하는 의식.
*장돌림 : 여러 장으로 돌아다니면서 물건을 파는 사람.

## 황일(黃日)

한 십리(十里) 더 가면 절간이 있을 듯한 마을이다. 낮 기울은 볕이 장글장글하니 따사하다. 흙은 젖이 커서 살같이 깨서 이지랑이 낀 속이 안타까운가 보다. 뒤울 안에 복사꽃 핀 집엔 아무도 없나 보다. 빈 집에 꿩이 날아와 다니나 보다. 울 밖 늙은 들메나무에 튀튀새 한불 앉었다. 흰구름 따라가며 딱장벌레 잡다가 연둣빛 잎새가 좋아 올라왔었나 보다. 밭머리에도 복사꽃 피였다. 새악시도 피였다. 새악시 복사꽃이다. 복사꽃 새악시다. 어데서 송아지 매— 하고 운다. 골갯논드렁에서 미나리 밟고 서서 운다. 복사나무 아래 가 흙장난하며 놀지 왜 우노. 자개밭둑에 엄지 어데 안 가고 누었다. 아릇동리선가 말 웃는 소리 무서운가, 아릇동리 망아지 네 소리 무서울라. *담모도리 바윗잔등에 다람쥐 해바라기하다 조은다. 토끼잠 한잠 자고 나서 세수한다. 흰구름 건넌 산으로 가는 길에 복사꽃 바라노라 섰다. 다람쥐 건넌 산 보고 부르는 푸념이 간지럽다.

저기는 그늘 그늘 여기는 챙챙—

저기는 그늘 그늘 여기는 챙챙—

*담모도리 : 담모서리.

## 탕약(湯藥)

눈이 오는데
토방에서는 질화로 우에 *곱돌탕관에 약이 끓는다
삼에 숙변에 목단에 백복령에 산약에 택사의 몸을 보한다는 육미탕(六味湯)이다
약탕관에서는 김이 오르며 달큼한 구수한 향기로운 내음새가 나고
약이 끓는 소리는 삐삐 즐거웁기도 하다

그리고 다 달인 약을 하이얀 약사발에 밭어놓은 것은
아득하니 깜하야 만년 옛적이 들은 듯한데
나는 두 손으로 고이 약그릇을 들고 이 약을 내인 옛사람들을 생각하노라면
내 마음은 끝없이 고요하고 맑아진다

*곱돌탕관 : 곱돌로 만들어진 탕약을 달이는 데 쓰는 그릇.

## *이두국주가도(伊豆國湊街道)

옛적본의 휘장마차에
어느메 촌중의 새새악시와도 함께 타고
먼 바닷가의 거리로 간다는데
금귤이 *눌한 마을마을을 지나가며
싱싱한 금귤을 먹는것은 얼마나 즐거운 일인가

*이두국주가도 : '이두국'은 이즈 반도 지방을 가리키며 '주가도'는 항구의 큰 도로라는 뜻이다.
*눌한 : 누런.

## 창원도(昌原道)
## _남행시초1

솔포기에 숨었다
토끼나 꿩을 놀래주고 싶은 산허리의 길은

엎데서 따스하니 손 녹히고 싶은 길이다

개 데리고 호이호이 회파람 불며
시름 놓고 가고 싶은 길이다

괴나리봇짐 벗고 땅불 놓고 앉아
담배 한 대 피우고 싶은 길이다

승냥이 줄레줄레 달고 가며
덕신덕신 이야기하고 싶은 길이다

더꺼머리 총각은 정든 님 업고 오고 싶은 길이다

## 통영(統營)
## _남행시초2

통영장 *낫대들었다

갓 한 잎 쓰고 건시 한 접 사고 홍공단 댕기 한 감 끊고
술 한 병 받아들고

화륜선 만져보려 성창 갔다

오다 가수내 들어가는 주막 앞에
문둥이 품바타령 듣다가

열니레 달이 올라서
나룻배 타고 *판데목 지나간다 간다
— 서병직씨에게

*낫대들었다 : '나아가다'의 고어인 '낫다'와 '대들다'가 결합된 말. 대뜸들어갔다는 뜻.
*판데목 : 경상남도 통영시와 미륵도 사이의 좁은 수로.

## 고성가도
## _남행시초3

고성장 가는 길
해는 둥둥 높고

개 하나 얼린하지 않는 마을은
해바른 마당귀에 맷방석 하나
빨갛고 노랗고
눈이 *시울은 곱기도 한 건반밥
아 진달래 개나리 한창 피었구나

가까이 잔치가 있어서
곱디고운 건반밥을 말리우는 말을은
얼마나 즐거운 마을인가

어쩐지 당홍치마 노란 저고리 입은 새악시들이
웃고 살을 것만 같은 마을이다

*시울은 : 눈이 부셔서 바로보기가 거북한.

## 삼천포
## _남행시초4

졸레졸레 도야지새끼들이 간다
귀밑이 재릿재릿하니 볕이 담복 따사로운 거리다

잿더미에 까치 오르고 아이 오르고 아지랑이 오르고

해바라기하기 좋을 볏곡간 마당에
볏짚같이 누우란 사람들이 둘러서서
어느 눈 오신 날 눈을 츠고 생긴 듯한 말 다툼 소리도 누우라니

소를 기르매 지고 조은다

아 모두들 따사로이 가난하니

## 북관(北關)
## _함주시초1

명태(明太) 창난젓에 고추무거리에 막칼질한 무이를 비벼 익힌 것을

이 투박한 북관(北關)을 한없이 끼밀고 있노라면

쓸쓸하니 무릎은 꿇어진다

시큼한 *배척한 퀴퀴한 니 내음새 속에

나는 *가느슥히 여진(女眞)의 살내음새를 맡는다

얼근한 비릿한 구릿한 이 맛 속에선

까마득히 신라(新羅) 백성의 향수(鄕愁)도 맛본다

*배척한 : 배리착지근하다의 변형. 냄새나 맛이 조금 배리다
*가느슥히 : 꽤 가느스름하게

## 노루
## _함주시초2

장진(長津) 땅이 지붕 넘에 넘석하는 거리다
자구나무 같은 것도 있다
기장감주에 기장차떡이 흔한 데다
이 거리에 산골 사람이 노루 새끼를 다리고 왔다

산골 사람은 막베등거리 막베잠방둥에를 입고
노루 새끼를 닮았다
노루 새끼 등을 쓸며
터 앞에 당콩 순을 다 먹었다 하고
서른닷냥 값을 부른다
노루 새끼는 다문다문 흰 점이 백이고 배 안의 털을 너슬너슬 벗고
산골 사람을 닮았다

산골 사람의 손을 핥으며
약재에 쓴다는 흥정 소리를 듣는 듯이
새까만 눈에 하이얀 것이 가랑가랑한다

## 고사(古寺)
## _함주시초3

부뚜막이 두 길이다

이 부뚜막에 놓인 사닥다리로 자박수염난 공양주는 *성궁미를 지고 오른다

한말 밥을 한다는 크나큰 솥이

외면하고 가부틀고 앉어서 염주도 세일 만하다

*화라지송침이 단채로 들어간다는 아궁지

이 험상궂은 아궁지도 *조앙님은 무서운가보다

*농마루며 바람벽은 모두들 그느슥히

흰밥과 두부와 튀각과 자반을 생각나 하고

하폄도 남즉하니 불기와 *유종들이

묵묵히 팔장끼고 쭈구리고 앉었다

재 안 드는 밤은 불도 없이 캄캄한 까막나라에서

조앙님은 무서운 이야기나 하면

모두들 죽은 듯이 엎데였다 잠이 들 것이다

(귀주사 — 함경도 함주군)

*성궁미 : 부처에게 바치는 쌀.
*화라지송침 : 옆으로 길게 뻗어 나간 나뭇가지를 땔나무로 이르는 말.
*조앙님 : 부엌을 주관하는 신.
*농마루 : '천장'의 평안도 방언.
*유종 : 놋그릇으로 만든 넓고 평평한 그릇.

## 선우사(膳友辭)

## _함주시초 4

낡은 나조반에 흰밥도 가재미도 나도 나와 앉어서
쓸쓸한 저녁을 맞는다

흰 밥과 가재미와 나는
우리들은 그 무슨 이야기라도 다 할 것 같다
우리들은 서로 미덥고 정답고 그리고 서로 좋구나

우리들은 맑은 물밑 해정한 *모래톱에서 하구 긴 날을 모래알만 헤이며 잔뼈가 굵은 탓이다
바람 좋은 한 벌판에서 *물닭이 소리를 들으며 단이슬 먹고 나이들은 탓이다
외따른 산골에서 소리개소리 배우며 다람쥐 동무하고 자라난 탓이다.

우리들은 모두 욕심이 없어 희여졌다
착하디 착해서 *세괃은 가시 하나 손아귀 하나 없다
너무나 정갈해서 이렇게 파리했다

우리들은 가난해도 서럽지 않다
우리들은 외로워할 까닭도 없다
그리고 누구 하나 부럽지도 않다

흰밥과 가재미와 나는
우리들이 같이 있으면
세상 같은 건 밖에 나도 좋을 것 같다

*모래톱 : 모래사장.
*물닭 : 뜸부깃과의 새.
*세괃은 : 성질이나 기가 억센. 평안도의 방언.

## 산곡(山谷)
## _함주시초5

돌각담에 머루송이 깜하니 익고
자갈밭에 아즈까리알이 쏟아지는
잠풍하니 볕바른 골짜기이다
나는 이 골짝에서 한겨울을 날려고 집을 한 채 구하였다

집이 몇 집 되지 않는 골 안은
모두 *터앝에 김장감이 퍼지고
뜨락에 잡곡 낟가리가 쌓여서
어느 세월에 비일 듯한 집은 뵈이지 않었다
나는 자꾸 골 안으로 깊이 들어갔다

골이 다한 *산대 밑에 자그마한 돌능와집이 한 채 있어서
이 집 *남길동 단 안주인은 겨울이면 집을 내고
산을 돌아 거리로 나려간다는 말을 하는데
해바른 마당에는 꿀벌이 스무나문 통 있었다

낮 기울은 날을 햇볕 장글장글한 툇마루에 걸어 앉어서
지난 여름 *도락구를 타고 장진(長津)땅에 가서 꿀을 치

고 돌아왔다는 이 벌들을 바라보며 나는

날이 어서 추워져서 쑥국화꽃도 시들고 이 바즈런한 백성들도 다 제 집으로 들은 뒤에이 골 안으로 올 것을 생각하였다

*터앝 : 집의 울안에 있는 작은 밭.
*산대 : 산꼭대기의 경상북도 방언.
*남길동 : 저고리 소맷부리에 이어서 대는 남색의 천.
*도락구 : 트럭의 일본어 표기.

## 바다

바닷가에 왔드니
바다와 같이 당신이 생각만 나는구려
바다와 같이 당신을 사랑하고만 싶구려

구붓하고 모래톱을 오르면
당신이 앞선 것만 같구려
당신이 뒤선 것만 같구려

그리고 지중지중 물가를 거닐면
당신이 이야기를 하는 것만 같구려
당신이 이야기를 끊는 것만 같구려

바닷가는
*개지꽃에 개지 아니 나오고
고기비늘에 하이얀 햇볕만 *쇠리쇠리하야
어쩐지 쓸쓸만 하구려 섧기만 하구려

*개지꽃 : 나팔꽃의 평안북도 방언.
*쇠리쇠리하야 : '눈부시다'의 평안북도 방언.

## 추야일경(秋夜一景)

닭이 두 홰나 울었는데
안방 큰방은 홰즛하니 당등을 하고
*인간들은 모두 웅성웅성하니 깨여 있어서들
*오가리며 석박지를 썰고
생강에 파에 *청각에 마늘을 다지고

시래기를 삶는 훈훈한 방안에는
양념 내음새가 싱싱도 하다

밖에는 어데서 물새가 우는데
토방에선 햇콩두부가 고요히 숨이 들어갔다

*인간 : 식구를 이르는 평안도 방언.
*오가리 : 무나 호박 따위의 살을 길게 오리거나 썰어서 말린 것.
*청각 : 녹조류 청각과의 해조.

## 산숙
## _산중음1

여인숙이라도 국숫집이다

모밀가루포대가 그득하니 쌓인 웃간은 들믄들믄 더웁기도 하다

나는 낡은 국수분틀과 그즈런히 나가 누어서

구석에 데굴데굴하는 목침(木枕)들을 베여보며

이 산(山)골에 들어와서 이 목침들에 새까마니 때를 올리고 간 사람들을 생각한다

그 사람들의 얼굴과 생업(生業)과 마음들을 생각해 본다

## 향악
## _산중음2

초생달이 귀신불같이 무서운 산골 거리엔
처마 끝에 종이들의 불을 밝히고
쩌락쩌락 떡을 친다
감자떡이다
이젠 캄캄한 밤과 개울물 소리만이다

## 야반
## _산중음3

토방에 승냥이 같은 강아지가 앉은 집
부엌으론 무럭무럭 하이얀 김이 난다
자정도 훨씬 지났는데
닭을 잡고 메밀국수를 누른다고 한다
어느 산 옆에선 캥캥 여우가 운다

## 백화
## _산중음4

산골집은 대들보도 기둥도 문살도 자작나무다
밤이면 캥캥 여우가 우는 산도 자작나무다
그 맛있는 메밀국수를 삶는 장작도 자작나무다
그리고 감로같이 단샘이 솟는 박우물도 자작나무다
산 너머는 평안도 땅도 뵈인다는 이 산골은 온통 자작나무다

## 나와 나타샤와 흰 당나귀

가난한 내가
아름다운 나타샤를 사랑해서
오늘밤은 푹푹 눈이 나린다

나타샤를 사랑은 하고
눈은 푹푹 날리고
나는 혼자 쓸쓸히 앉아 소주를 마신다
소주를 마시며 생각한다
나타샤와 나는
눈이 푹푹 쌓이는 밤 흰 당나귀 타고
산골로 가자 *출출이 우는 깊은 산골로 가 *마가리에 살자

눈은 푹푹 나리고
나는 나타샤를 생각하고
나타샤가 아니 올 리 없다
언제 벌써 내 속에 고조곤히 와 이야기한다
산골로 가는 것은 세상한테 지는 것이 아니다

세상 같은 건 더러워 버리는 것이다
눈은 푹푹 나리고
아름다운 나타샤는 나를 사랑하고
어데서 흰 당나귀도 오늘밤이 좋아서 응앙응앙 울을 것이다

*출출이 : 뱁새.
*마가리 : 오막살이의 평안북오 방언.

## 석양

거리는 장날이다
장날 거리에 영감들이 지나간다
영감들은
말상을 하였다 범상을 하였다 족제비상을 하였다
개발코를 하였다 안장코를 하였다 질병코를 하였다
그 코에 모두 *학실을 썼다
돌체돋보기다 대모체돋보기다 로이도돋보기다
영감들은 유리창 같은 눈을 번득거리며
투박한 북관말을 떠들어대며
쇠리쇠리한 저녁해 속에
사나운 즘생같이들 사라졌다

*학실 : 돋보기의 평안북도 방언.

## 고향

나는 북관에 혼자 앓아 누워서

어느 아침 의원(醫員)을 뵈이었다.

의원은 여래(如來) 같은 상을 하고 관공(關公)의 수염을 드리워서

먼 옛적 어느 나라 신선 같은데

새끼손톱 길게 돋은 손을 내어

묵묵하니 한참 맥을 짚더니

문득 물어 고향이 어데냐 한다

평안도 정주라는 곳이라 한즉

그러면 아무개 씨 고향이란다.

그러면 아무개 씨 아느냐 한즉

의원은 빙긋이 웃음을 띠고

막역지간(莫逆之間)이라며 수염을 쓴다.

나는 아버지로 섬기는 이라 한즉

의원(醫員)은 또다시 넌지시 웃고

말없이 팔을 잡아 맥을 보는데

손길이 따스하고 부드러워

고향도 아버지도 아버지의 친구도 다 있었다

## 절망

북관에 계집은 튼튼하다

북관에 계집은 아름답다

아름답고 튼튼한 계집은 있어서

흰 저고리에 붉은 *길동을 달어

검정치마에 받쳐입은 것은

나의 꼭 하나 즐거운 꿈이었드니

어느 아침 계집은

머리에 무거운 동이를 이고

손에 어린것의 손을 끌고

가파러운 언덕길을

숨이 차서 올라갔다

나는 한종일 서러웠다

*길동 : 여자의 저고리 소맷부리에 댄 다른 색의 천.

## 개

접시 귀에 소기름이나 소뿔등잔에 아즈까리 기름을 켜는 마을에서는 겨울 밤 개 짖는 소리가 반가웁다

이 무서운 밤을 아래 웃방성 마을 돌아다니는 사람은 있어 개는 짖는다

*낮배 어니메 *치코에 꿩이라도 걸려서 산 너머 국수집에 국수를 받으려 가는 사람이 있어도 개는 짖는다

*김치가재미선 동치미가 유별히 맛나게 익는 밤

아배가 밤참 국수를 받으려 가면 나는 *큰마니 돋보기를 쓰고 앉아 개 짖는 소리를 들은 것이다

*낮배 : 낮 무렵.
*치코 : 올가미의 북한어.
*김치가재미 : 김치를 넣어 두고 창고를 가리키는 북한어.
*큰마니 : 할머니의 평안북도 방언.

## 외갓집

내가 언제나 무서운 외가집은

초저녁이면 안팎마당이 그득하니 하이얀 나비수염을 물은 보득지근한 복쪽재비들이 씨굴씨굴 모여서는 짱짱 쇳스럽게 울어대고

밤이면 무엇이 기왓골에 무릿돌을 던지고 뒤울안 배나무에 쩨듯하니 줄등을 *헤여달고 부뚜막의 큰솥 적은솥을 모조리 뽑아놓고 *재통에 간 사람의 목덜미를 그냥그냥 나려 눌러선 *잿다리 아래로 처박고

그리고 새벽녘이면 고방 시렁에 채국채국 얹어둔 모랭이 목판 시루며 함지가 땅바닥에 *넘너른히 널리는 집이다

*헤여 : 켜다의 방언.
*재통 : 변소의 평안북도 방언.
*잿다리 : 재래식 변소에 걸쳐놓은 두 개의 나무.
*넘너른히 : '여저저기 마구 널려있는'의 뜻.

## 내가 생각하는 것은

밖은 봄철날 따디기의 누굿하니 푹석한 밤이다
거리에는 사람두 많이 나서 흥성흥성할 것이다
어쩐지 이 사람들과 친하니 싸다니고 싶은 밤이다

그렇건만 나는 하이얀 자리 우에서 마른 팔뚝의
새파란 핏대를 바라보며 나는 가난한 아버지를
가진 것과 내가 오래 그려오던 처녀가 시집을 간 것과
그렇게도 살뜰하던 동무가 나를 버린 일을 생각한다

또 내가 아는 그 몸이 성하고 돈도 있는 사람들이
즐거이 술을 먹으러 다닐 것과
내 손에는 신간서(新刊書) 하나도 없는 것과
그리고 그 〈아서라 세상사(世上事)〉라도 들을
유성기도 없는 것을 생각한다

그리고 이러한 생각이 내 눈가를 내 가슴가를
뜨겁게 하는 것도 생각한다

## 내가 이렇게 외면하고

내가 이렇게 외면하고 거리를 걸어가는 것은 잠풍 날씨가 너무나 좋은 탓이고

가난한 동무가 새 구두를 신고 지나간 탓이고 언제나 꼭 같은 넥타이를 매고 고운 사람을 사랑하는 탓이다

내가 이렇게 외면하고 거리를 걸어가는 것은 또 내 많지 못한 월급이 얼마나 고마운 탓이고

이렇게 젊은 나이로 코밑수염도 길러보는 탓이고 그리고 어느 가난한 집 부엌으로 달재 생선을 진장에 꼿꼿이 지진 것은 맛도 있다는 말이 자꾸 들려 오는 탓이다

## 삼호(三湖)
## _물닭의 소리1

문기슭에 바다 해자를 가꾸로 붙인 집
산듯한 청삿자리 위에서 찌륵찌륵
우는 전복회를 먹어 한여름을 보낸다

이렇게 한여름을 보내면서 나는 하늑이는
물살에 나이금이 느는 꽃조개와 함께
허리도리가 굵어가는 한 사람을 연연해 한다

## 물계리(物界里)
## _물닭의 소리2

물밑— 이 세모래 *닌함박은 콩조개만 일다

모래장변— 바다가 널어놓고 못미더워 드나드는 명주필을 짓궂이 발뒤축으로 찢으면

날과 씨는 모두 양금줄이 되어 짜랑짜랑 울었다

*닌함박 : 안쪽에 여러 줄로고랑이 지게 돌려 파서 만든 함지박. 쌀 따위를 씻어 일 때에 돌과 모래를 가라앉게 한다.

## 대산동(大山洞)
## _물닭의 소리3

비애고지 비애고지는
제비야 네 말이다
저 건너 노루섬에 노루 없드란 말이지
신미두 삼각산엔 가무래기만 나드란 말이지

비애고지 비애고지는
제비야 네 말이다
푸른 바다 흰 한울이 좋기도 좋단 말이지
해밝은 모래장변에 돌비 하나 섰단 말이지

비애고지 비애고지는
제비야 네 말이다
눈빨갱이 갈매기 발빨갱이 갈매기 가란 말이지
승냥이처럼 우는 갈매기
무서워 가란 말이지

## 남향(南鄉)
## _물닭의 소리4

푸른 바닷가의 하이얀 하이얀 길이다

아이들은 늘늘히 청대나무말을 몰고
대포풍잠한 늙은이 도요 한 마리를 드리우고 갔다

이 길이다
얼마가서 감로(甘露) 같은 물이 솟는 마을 하이얀 회담벽에 옛적본의 쟁반시계를 걸어놓은 집 홀어미와 사는 물새 같은 외딸의 혼삿말이 아즈랑이같이 낀 곳은

## 야우소회(夜雨小懷)
## _물닭의 소리5

캄캄한 비 속에
새빨간 달이 뜨고
하이얀 꽃이 퓌고
먼바루 개가 짖는 밤은
어데서 *물외 내음새 나는 밤이다

캄캄한 비 속에
새빨간 달이 뜨고
하이얀 꽃이 퓌고
먼바루 개가 짖고
어데서 물외 내음새 나는 밤은

나의 정다운 것들 가지 명태 노루 뫼추리 질동이 노랑나뷔 바구지꽃 모밀국수 남치마 자개*짚세기 그리고 천희(千姬)라는 이름이 한없이 그리워지는 밤이로구나

*물외 : 오이.
*짚세기 : 짚신.

## 꼴뚜기
## _물닭의 소리6

신새벽 들망에
내가 좋아하는 꼴두기가 들었다
갓 쓰고 사는 마음이 어진데
새끼 그물에 걸리는 건 어인 일인가

갈매기 날아온다

입으로 먹을 뿜는 건
몇 십 년 도를 닦아 피는 조환가
앞뒤로 가기를 마음대로 하는 건
손자(孫子)의 병서(兵書)도 읽은 것이다
갈매기 쫑얼댄다

그러나 시방 꼴두기는 배창에 너부러져 새새끼 같은 울음을 우는 곁에서

뱃사람들의 언젠가 아홉이서 회를 쳐먹고도 남아 한 깃씩 노나 가지고 갔다는 크디큰 꼴두기의 이야기를 들으며 나는 슬프다

# 갈매기 날아난다

## 가무래기의 낙(樂)

가무락조개 난 뒷간거리에
빛을 얻으려 나는 왔다
빚이 안 되어 가는 탓에
가무래기도 나도 모두 춥다
추운 거리의 그도 추운 능당 쪽을 걸어가며
내 마음은 우쭐댄다 그 무슨 기쁨에 우쭐댄다
이 추운 세상의 한구석에
맑고 가난한 친구가 하나 있어서
내가 이렇게 추운 거리를 지나온 걸
얼마나 기뻐하며 *락단하고
그즈런히 손깍지베개하고 누워서
이 못된 놈의 세상을 크게 크게 욕할 것이다

*락단하고 : 무릎을 치며 좋아하고

## 멧새 소리

처마 끝에 명태를 말린다
명태는 꽁꽁 얼었다
명태는 길다랗고 파리한 물고긴데
꼬리에 길다란 고드름이 달렸다
해는 저물고 날은 다 가고 별은 서러웁게 차갑다
나도 길다랗고 파리한 명태다
문턱에 꽁꽁 얼어서
가슴에 길다란 고드름이 달렸다

## *박각시 오는 저녁

당콩밥에 가지 냉국의 저녁을 먹고 나서
바가지꽃 하이얀 지붕에 박각시 주락시 붕붕 날아오면
집은 안팎 문을 횅하니 열젖기고
인간들은 모두 뒷등성으로 올라 멍석자리를 하고 바람을 쐬이는데
풀밭에는 어느새 하이얀 대림질감들이 한불 널리고
돌우래며 *팟중이 산 옆이 들썩하니 울어댄다
이리하여 하늘에 별이 잔콩 마당 같고
*강낭밭에 이슬이 비 오듯 하는 밤이 된다.

*박각시 : 박각싯과의 나방을 통틀어 이르는 말.
*팟중이 : 메뚜깃과의 곤충.
*강낭밭 : 옥수수밭.

## 넘언집 범 같은 *노큰마니

황토 마루 수무나무에 얼럭궁덜럭궁 색동헝겁 뜯개*조박 뵈짜배기 걸리고 *오쟁이 *끼애리 달리고 소삼은 엄신 같은 딥세기도 열린 국수당고개를 몇 번이고 튀튀 춤을 뱉고 넘어가면 골안에 안윽히 묵은 영동이 무겁기도 할 집이 한 채 안기었는데

집에는 언제나 센개 같은 *게사니가 벅작궁 고아내고 말 같은 개들이 떠들썩 짖어대고 그리고 소거름 내음새 구수한 속에 엇송아지 히물쩍 너들씨는데

집에는 아배에 삼춘에 오마니에 오마니가 있어서 젖먹이를 마을 청능 그늘 밑에 삿갓을 씌워 한종일내 뉘어두고 김을 매려 단녔고 아이들이 큰마누래에 작은 마누래에 제구실을 할 때면 종아지 물본도 모르고 행길에 아이 송장이 거적뙈기에 말려나가면 속으로 얼마나 부러워하였고 그리고 끼때에는 부뚜막에 박아지를 아이덜 수대로 주룬히 늘어놓고 밥한덩이 질게 한 술 들여 트려서는 먹였다는 소리를 언제나 두고두고 하는데

일가들이 모두 범같이 무서워하는 이 노큰마니는 구덕살이같이 욱실욱실하는 손자 증손자를 방구석에 들매나무 회채리를 단으로 쩌다두고 따리고 싸리갱이에 갓신창을 매여놓고 따리는데

내가 엄매 등에 업혀가서 상사말같이 *항약에 야기를 쓰면 한창 피는 함박꽃을 밑가지채 꺾어주고 종대에 달린 제물배도 가지채 쩌주고 그리고 그 애끼는 게사니알도 두 손에 쥐어주곤 하는데

우리 엄매가 나를 가지는 때 이 노큰마니는 어느 밤 크나큰 범이 한 마리 우리 선산으로 들어오는 꿈을 꾼 것을 우리 엄매가 서울서 시집을 온 것을 그리고 무엇보다도 내가 이 노큰마니의 당조카의 맏손자로 난 것을 대견하니 알뜰하니 기꺼이 여기는 것이었다

*노큰마니 : 증조할머니.
*조박 : 조각의 북한어.
*오쟁이 : 짚으로 엮어 만든 작은 그릇.
*끼애리 : 꾸러미의 평안북도 방언.
*게사니 : 거위의 방언.
*항약 : 대꾸의 방언.

## 동뇨부(童尿賦)

봄철날 한종일내 노곤하니 *벌불 장난을 한 날 밤이면 으레히 싸개동당을 지나는데 *하니 누워 싸는 오줌이 넓적다리를 흐르는 따끈따끈한 맛 자리에 펑하니 괴이는 척척한 맛

첫여름 이른 저녁을 해치우고 인간들이 모두 터앞에 나와서 물외포기에 당콩포기에 오줌을 주는 때 터 앞에 밭마당에 샛길에 떠도는 오줌의 매캐한 재릿한 내음새

긴긴 겨울밤 인간들이 모두 한잠이 들은 재밤중에 나 혼자 일어나서 머리맡 쥐발 같은 새끼오강에 한없이 누는 잘 매럽던 오줌의 사르릉 쪼로록 하는 소리

그리고 또 엄매의 말엔 내가 아직 굳은 밥을 모르던 때 살갗 퍼런 막내고무가 잘도 받아 세수를 하였다는 내 오줌빛은 이슬같이 샛말갛기도 샛맑았다는 것이다

*벌불 : 등잔불이나 촛불에서 짐이 옆으로 뻗치어 퍼지는 불.
*잘망하니 : 하는 행동이나 모양새가 잘고 얄밉다는 뜻의 북한어.

## *안동(安東)

이방(異邦) 거리는
비 오듯 안개가 내리는 속에
안개 같은 비가 내리는 속에

이방 거리는
콩기름 쫄이는 내음새 속에
*섶누에 번디 삶는 내음새 속에

이방 거리는
도끼날 벼르는 돌물레 소리 속에
*되광대 켜는 *되양금 소리 속에

손톱을 시펄하니 기르고 기나긴 창꽈쯔를 즐즐 끌고 싶었다
만두꼬깔을 눌러쓰고 곰방대를 물고 가고 싶었다
이왕이면 향내 높은 취향리 돌배 움퍽움퍽 씹으며 머리채 츠렁츠렁 발굽을 차는 *꾸냥과 가즈런히 쌍마차 몰아가고 싶었다

*안동 : 중국 요령성의 단둥시.
*섭누에 : 산누에.
*되광대 : 중국인 광대를 낮잡아 이르는 말.
*되양금 : 중국의 양금.
*꾸냥 : 고냥. 시집가지 아니한 젊은 여자를 가리키는 중국어.

## 함남도안(咸南道安)

고원선(高原線) 종점인 이 작은 정차장엔
그렇게도 우쭐대며 달가불시며 뛰어오던 뽕뽕차가
가이없이 쓸쓸하니도 우두머니 서 있다

해빛이 초롱불같이 희맑은데
해정한 모래부리 플랫폼에선
모두들 쩔쩔 끓는 구수한 귀이리차(茶)를 마신다

칠성(七星)고기라는 고기의 쩜벙쩜벙 뛰노는 소리가
*쨋쨋하니 들려오는 호수까지는
들쭉이 한불 새까마니 익어가는 망연한 벌판을 지나가야 한다

*쨋쨋하니 : 소리가 높고 날카롭다.

## 구장로(球場路)
## _서행시초1

삼리(里) 밖 강 쟁변엔 자갯돌에서
비멀이한 옷을 부숭부숭 말려 입고 오는 길인데
산모롱고지 하나 도는 동안에 옷은 또 함북 젖었다

한 이십 리 가면 거리라든데
*한겻 남아 걸어도 거리는 뵈이지 않는다
나는 어니 외진 산길에서 만난 새악시가 곱기도 하던 것과
어니메 강물 속에 들여다뵈이든 쏘가리가 한 자나 되게 크던 것을 생각하며
산비에 젖었다는 말렸다 하며 오는 길이다

이젠 배도 출출히 고팠는데
어서 그 옹기장사가 온다는 거리로 들어가면 무엇보다도 먼저 '주류판매업'이라고 써붙인 집으로 들어가자

그 뜨수한 구들에서
따끈한 삼십오도 소주나 한잔 마시고

그리고 그 시래깃국에 소피를 넣고 두부를 두고 끓인 구수한 술국을 *트근히 몇 사발이고 왕사발로 몇 사발이나 먹자

*한겻 : 반나절.
*트근히 : 수두룩하다의 평안북도 방언.

먹자

## 북신
## _서행시초2

거리에는 모밀내가 났다

부처를위한다는 정갈한 노친네의 내음새 같은 모밀내가 났다

어쩐지 향산 부처님이 가까웁다는 거린데

국숫집에는 농짝같은 도야지를 잡어 걸고 국수를 치는 도야지 고기는 돗바늘 같은 털이 드문드문 백였다

나는 이 털도 안 뽑은 도야지 고기를 물끄러미 바라보며

또 털도 안 뽑은 고기를 시꺼먼 맨메밀국수에 얹어서 한입에 꿀꺽 삼키는 사람들을 바라보며

나는 문득 가슴에 뜨끈한 것을 느끼며

소수림왕을 생각한다 광개토대왕을 생각한다

## 팔원
## _서행시초3

차디찬 아침인데
묘향산행 승합 자동차는 텅하니 비어서
나이 어린 계집아이 하나가 오른다
옛말속같이 진진초록 새 저고리를 입고
손잔등이 밭고랑처럼 몹시도 터졌다
계집아이는 자성(慈城)으로 간다고 하는데
자성은 예서 삼백오십 리 묘향산 백오십 리
묘향산 어디메서 삼촌이 산다고 한다
새하얗게 얼은 자동차 유리창 밖에
내지인 주재소장 같은 어른과 어린아이 둘이 *내임을 낸다
계집아이는 운다 느끼며 운다
텅 비인 차 안 한 구석에서 어느 한 사람도 눈을 씻는다
계집아이는 몇 해고 내지인 주재소장 집에서
밥을 짓고 걸레를 치고 *아이보개를 하면서
이렇게 추운 아침에도 손이 꽁꽁 얼어서
찬물에 걸레를 쳤을 것이다

*내임 : 냄. 배웅의 북한어.
*아이보개 : 애보개. 아이를 돌보는 일을 맡아 하는 사람.

## 월림장
## _서행시초4

'자시동북팔십천희천'의 푯말이 선 곳
돌능와집에 소달구지에 싸리신에 옛날이 사는 장거리에
어니 근방 산천에서 덜거기 껙껙 검방지게 운다

초아흐레 장판에
산 멧도야지 너구리가죽 튀튀새 났다
또 가얌에 귀이리에 도토리묵 도토리범벅도 났다

나는 주먹다시 같은 떡당이에 꿀보다도 달다는 강낭엿을 산다
그리고 물이라도 들 듯이 샛노랗디샛노란 산골 마가을 볕에 눈이 시울도록 샛노랗디샛노란 햇기장 쌀을 주무르며
기장쌀은 기장차떡이 좋고 기장차랍이 좋고 기장감주가 좋고 그리고 기장쌀로 쑨 호박죽은 맛도 있는 것을 생각하며 나는 기쁘다

## 목구(木具)

오대(五代)나 내린다는 크나큰 집 다 찌그러진 들지고방 어득시근한 구석에서 쌀독과 말쿠지와 숫돌과 신뚝과 그리고 옛적과 또 열두 데석님과 친하게 살으면서

한 해에 몇 번 매연 지난 먼 조상들의 최방등 제사에는 컴컴한 고방 구석을 나와서 대멀머리에 외얏 맹건을 지르터 맨 늙은 제관의 손에 정갈히 몸을 씻고 교의 위에 모신 신주 앞에 환한 촛불 밑에 피나무 소담한 제상 위에 떡 보탕 식혜 산적 나물지짐 반봉 과일들을 공손하니 받들고 먼 후손들의 공경스러운 절과 잔을 굽어보고 또 애끊는 통곡과 축을 귀에 하고 그리고 합문 뒤에는 흠향 오는 구신들과 호호히 접하는 것

구신과 사람과 넋과 목숨과 있는 것과 없는 것과 한줌 흙과 한 점 살과 먼 옛 조상과 먼 훗자손의 거룩한 아득한 슬픔을 담는 것

내 손자의 손자와 손자와 나와 할아버지와 할아버지의

할아버지와 할아버지의 할아버지의 할아버지와…… 수원 백씨(水原白氏) 정주 백촌(定州白村)의 힘세고 꿋꿋하나 어질고 정 많은 호랑이 같은 곰 같은 소 같은 피의 비 같은 밤 같은 달 같은 슬픔을 담는 것 아 슬픔을 담는 것

## 산지

갈부던 같은 약수터의 산거리
여인숙이 다래나무지팽이와 같이 많다

시냇물이 버러지소리를 하며 흐르고
대낮이라도 산 옆에서는
승냥이가 개울물 흐르듯 운다

소와 말은 도로 산으로 돌아갔다
염소만이 아직 된비가 오면 산개울에 놓인 다리를 건너
인가 근처로 뛰어온다

벼랑탁의 어두운 그늘에 아침이면
부엉이가 무거웁게 날러온다
낮이 되면 더 무거웁게 날러가버린다

산 너머 십오 리서 나무뒝치 차고 싸리신 신고 산비에
촉촉이 젖어서 약물을 받으러 오는 산아이도 있다

아비가 앓븐가 부다

다래먹고 앓븐가 부다

아랫마을에서는 애기무당이 작두를 타며 굿을 하는 때가 많다

## 나와 지렁이

내 지렁이는

커서 구렁이가 되었습니다

천년 동안만 밤마다 흙에 물을 주면 그 흙이 지렁이가 되었습니다

장마 지면 비와 같이 하늘에서 내려왔습니다

뒤에 붕어와 농다리의 미끼가 되었습니다

내 이과책에서는 암컷과 수컷이 있어서 새끼를 낳았습니다

지렁이의 눈이 보고 싶습니다

지렁이의 밥과 집이 부럽습니다

# 6 남신의주 유동 박시봉방

## 수박씨, 호박씨

어진 사람이 많은 나라에 와서
어진 사람의 짓을 어진 사람의 마음을 배워서
수박씨 *닦은 것을 호박씨 닦은 것을 입으로 앞이빨로 밝는다

수박씨 호박씨 입에 넣는 마음은
참으로 철없고 어리석고 게으른 마음이나
이것은 또 참으로 밝고 그윽하고 깊고 무거운 마음이라
이 마음 안에 아득하니 오랜 세월이 아득하니, 오랜 지혜가 또 아득하니 오랜 인정(人精)이 깃들인 것이다
태산의 구름도 황하의 물도 옛임금의 땅과 나무의 덕도 이 마음 안에 아득하니 뵈이는 것이다
이 작고 가벼웁고 갤족한 희고 까만 씨가
조용하니 또 도고하니 손에서 입으로 입에서 손으로 오르나리는 때
벌에 우는 새소리도 듣고 싶고 거문고도 한 곡조 뜯고 싶고 한 오 천 말 남기고 함곡관도 넘어가고 싶고
기쁨이 마음에 뜨는 때는 희고 까만 씨를 앞니로 까서

잔나비가 되고

근심이 마음에 앉는 때는 희고 까만 씨를 혀끝에 물어 까막까치가 되고

어진 사람이 많은 나라에서는

*오두미를 버리고 버드나무 아래로 돌아온 사람도

그 옆차개에 수박씨 닦은 것은 호박씨 닦은 것은 있었을 것이다

나물 먹고 물 마시고 팔베개하고 누었던 사람도

그 머리맡에 수박씨 닦은 것은 호박씨 닦은 것은 있었을 것이다

*닦은 : 볶다의 북한어.
*오두미 : 다섯 말의 쌀이라는 뜻으로, 얼마 안되는 봉급을 이르는 말.

## 북방에서
## _*정현웅에게

아득한 옛날에 나는 떠났다
부여를 숙신을 발해를 여진을 요를 금을
흥안령을 음산을 아무우르를 숭가리를
범과 사슴과 너구리를 배반하고
송어와 메기와 개구리를 속이고 나는 떠났다

나는 그때
자작나무와 이깔나무의 슬퍼하든 것을 기억한다
갈대와 장풍의 붙드든 말도 잊지 않았다
오로촌이 멧돌을 잡아 나를 잔치해 보내든 것도
쏠론이 십릿길을 따라나와 울든 것도 잊지 않았다

나는 그때
아무 이기지 못할 슬픔도 시름도 없이
다만 게을리 먼 앞대로 떠나 나왔다
그리하여 따사한 *햇귀에서 하이얀 옷을 입고 매끄러운 밥을 먹고 단샘을 마시고 낮잠을 잤다
밤에는 먼 개소리에 놀라나고

아침에는 지나가는 사람마다에게 절을 하면서도
나는 나의 부끄러움을 알지 못했다

그 동안 돌비는 깨어지고 많은 금은보화는 땅에 묻히고 끼마귀도 긴 족보를 이루었는데
이리하여 또 한 아득한 새 옛날이 비롯하는 때
이제는 참으로 이기지 못할 슬픔과 시름에 쫓겨
나는 나의 옛 한울로 땅으로—나의 태반으로 돌아왔으나

이미 해는 늙고 달은 파리하고 바람은 미치고 보래구름만 혼자 넋없이 떠도는데

아, 나의 조상은 형제는 일가친척은 정다운 이웃은 그리운 것은 사랑하는 것은 우러르는 것은 나의 자랑은 나의 힘은 없다 바람과 물과 같이 지나가고 없다

*정현웅 : 백석과 친분이 있던 화가. 백석의 시 〈나와 나타샤와 흰 당나귀〉의 삽화를 그렸다고 전해진다.
*햇귀 : 사방으로 뻗친 햇살.

## 허준

그 맑고 거룩한 눈물의 나라에서 온 사람이여
그 따사하고 살틀한 별살의 나라에서 온 사람이여

눈물의 또 별살의 나라에서 당신은
이 세상에 나들이를 온 것이다
쓸쓸한 나들이를 단기려 온 것이다

눈물의 또 별살의 나라 사람이여
당신이 그 긴 허리를 굽히고 뒷짐을 지고 지치운 다리로
싸움과 흥정으로 왁자지껄하는 거리를 지날 때든가
추운 겨울밤 병들어 누운 가난한 동무의 머리맡에 앉아
말없이 무릎 위 어린 고양이의 등만 쓰다듬는 때든가
당신의 그 고요한 가슴 안에 온순한 눈가에
당신네 나라의 맑은 하늘이 떠오를 것이고
당신의 그 푸른 이마에 삐여진 어깻죽지에
당신네 나라의 따사한 바람결이 스치고 갈 것이다

높은 산도 높은 꼭다기에 있는 듯한

아니면 깊은 물도 깊은 밑바닥에 있는 듯한 당신네 나라의
하늘은 얼마나 맑고 높을 것인가
바람은 얼마나 따사하고 향기로울 것인가
그리고 이 하늘 아래 바람결 속에 퍼진
그 풍속은 인정은 그리고 그 말은 얼마나 좋고 아름다울 것인가

다만 한 사람 목이 긴 시인(詩人)은 안다
'도스토옙스키'며 '조이스'며 누구보다도 잘 알고 일등가는 소설도 쓰지만
아무것도 모르는 듯이 어드근한 방 안에 굴어 게으르는 것을 좋아하는 그 풍속을
사랑하는 어린 것에게 엿 한 가락을 아끼고 위하는 아내에겐 해진 옷을 입히면서도
마음이 가난한 낯설은 사람에게 수백냥 돈을 거저 주는 그 인정을 그리고 또 그 말을
사람은 모든 것을 다 잃어버리고 넋 하나를 얻는다는 크나큰 그 말을
그 멀은 눈물의 또 볕살의 나라에서
이 세상에 나들이를 온 사람이여

이 목이 긴 시인이 또 게사니처럼 떠곤다고
당신은 쓸쓸히 웃으며 바둑판을 당기는구려

*허준 : 작가. 1935년 시 〈모체〉로 등단.

## 〈호박꽃 초롱〉 서시

하늘은
울파주가에 우는 병아리를 사랑한다
우물돌 아래 우는 돌우래를 사랑한다
그리고 또
버드나무 밑 당나귀 소리를 임내내는 시인을 사랑한다

하늘은
풀 그늘 밑에 삿갓 쓰고 사는 버섯을 사랑한다
모래 속에 문 잠그고 사는 조개를 사랑한다
그리고 또
두틈한 초가지붕 밑에 호박꽃 초롱 혀고 사는 시인을 사랑한다

하늘은 공중에 떠도는 흰 구름을 사랑한다
골짜구니로 숨어 흐르는 개울물을 사랑한다
그리고 또
아늑하고 고요한 시골 거리에서 쟁글쟁글 햇볕만 바래는 시인을 사랑한다

하늘은

이러한 시인이 우리들 속이 있는 것을 더욱 사랑하는데

이러한 시인이 누구인 것을 세상은 몰라도 좋으나

그러나

그 이름이 강소천인 것을 송아지와 꿀벌은 알을 것이다

## 귀농

백구둔(白狗屯)의 눈 녹이는 밭 가운데 땅 풀리는 밭 가운데
촌부자 노왕하고 같이 서서
밭최뚝에 즘부러진 땅버들의 버들개지 피어나는 데서
볕은 장글장글 따사롭고 바람은 솔솔 보드라운데
나는 땅임자 노왕한테 석섬지기 밭을 얻는다

노왕은 집에 말과 나귀며 오리에 닭도 우울거리고
고방엔 그득히 감자에 콩 곡식도 들여 쌓이고
노왕은 채매도 힘이 들고 하루 종일 백령조(百鈴鳥) 소리나 들으려고 밭을 오늘 나한테 주는 것이고
나는 이제 귀치 않은 측량(測量)도 문서(文書)도 싫증이 나고
낮에는 마음 놓고 낮잠도 한잠 자고 싶어서
아전 노릇을 그만두고 밭을 노왕한테 얻는 것이다

날은 챙챙 좋기도 좋은데
눈도 녹으며 술렁거리고 버들도 잎 트며 수선거리고

저 한쪽 마을에는 말 돼지에 닭 개 즘생도 들떠들고
또 아이 어른 행길에 뜨락에 사람도 웅성웅성 홍성거려
나는 가슴이 이 무슨 흥에 벅차오며
이 봄에는 이 밭에 감자 강냉이 수박에 오이며 당콩에 마늘과 파도 심그리라 생각한다

수박이 열면 수박을 먹으며 팔며
감자가 앉으면 감자를 먹으며 팔며
까막까치나 두더쥐 돝벌기가 와서 먹으면 먹는 대로 두어두고
도적이 조금 걷어가도 걷어가는 대로 두어두고
아, 노왕, 나는 이렇게 생각하노라
나는 노왕을 보고 웃어 말한다

이리하여 노왕은 밭을 주어 마음이 한가하고
나는 밭을 얻어 마음이 편안하고
디퍽디퍽 눈을 밟으며 터벅터벅 흙도 덮으며
*사물사물 햇볕은 목덜미에 간지로워서
노왕은 팔짱을 끼고 이랑을 걸어
나는 뒤짐을 지고 고랑을 걸어
밭을 나와 밭뚝을 돌아 도랑을 건너 행길을 돌아

지붕에 바람벽에 울타리에 볕살 쇠리쇠리한 마을을 가르치며

노왕은 나귀를 타고 앞에 가고

나는 노새를 타고 뒤에 따르고

마을 끝 충왕묘에 충왕을 찾어뵈려 가는 길이다

토신묘에 토신도 찾어뵈려 가는 길이다

*사물사물 : 살갗에 작은 벌레가 기어가는 것처럼 간질간질한 느낌.

## 국수

눈이 많이 와서
산엣새가 벌로 내려 멕이고
눈구덩이에 토끼가 더러 빠지기도 하면
마을에는 그 무슨 반가운 것이 오는가 보다
한가한 애동들은 어둡도록 꿩사냥을 하고
가난한 엄매는 밤중에 김치가재미로 가고
마을을 구수한 즐거움에 사서 은근하니 흥성흥성 들뜨게 하며 이것은 오는 것이다
이것은 어느 양지귀 혹은 능달쪽 외따른 산 옆 은댕이 예데가리 밭에서
하룻밤 뽀오얀 흰 김 속에 접시귀 소기름불이 뿌우현 부엌에
산멍에 같은 분틀을 타고 오는 것이다
이것은 아득한 옛날 한가하고 즐겁든 세월로부터
실 같은 봄비 속을 타는 듯한 여름 볕 속을 지나서 들쿠레한 구시월 갈바람 속을 지나서
대대로 나며 죽으며 죽으며 나며 하는 이 마을 사람들의 으젓한 마음을 지나서 텁텁한 꿈을 지나서

지붕에 마당에 *우물든덩에 함박눈이 푹푹 쌓이는 어느 하룻밤

아배 앞에 그 어린 아들 앞에 아배 앞에는 왕사발에 아들 앞에는 새끼사발에 그득히 사리워 오는 것이다

이것은 그 곰의 잔등에 업혀서 길여났다는 먼 옛적 큰마니가

또 그 짚등색이에 서서 재채기를 하면 산 넘엣 마을까지 들렸다는

먼 옛적 큰 아바지가 오는 것 같이 오는 것이다

아, 이 반가운 것은 무엇인가

이 히수무레하고 부드럽고 수수하고 심심한 것은 무엇인가

겨울밤 쩡하니 익은 동치미국을 좋아하고 얼얼한 댕추가루를 좋아하고 싱싱한 산꿩의 고기를 좋아하고

그리고 담배 내음새 탄수 내음새 또 수육을 삶는 육수국 내음새 자욱한 더북한 삿방 쩔쩔 끓는 아랫목을 좋아하는 이것은 무엇인가

이 조용한 마을과 이 마을의 으젓한 사람들과 살틀하니 친한 것은 무엇인가

이 그지없이 고담(枯淡)하고 소박(素朴)한 것은 무엇인가

*우물든덩 : 우물둔덕. 우물 둘레의 작은 둑 모양으로 된 곳.

## 흰 바람 벽이 있어

오늘 저녁 이 좁다란 방의 흰 바람벽에
어쩐지 쓸쓸한 것만이 오고 간다
이 흰 바람벽에 희미한 십오촉(十五燭) 전등이 지치운 불빛을 내어던지고
때글은 다 낡은 무명샤쯔가 어두운 그림자를 쉬이고
그리고 또 달디단 따끈한 감주나 한잔 먹고 싶다고 생각하는 내 가지가지 외로운 생각이 헤매인다
그런데 이것은 또 어인 일인가
이 흰 바람벽에
내 가난한 늙은 어머니가 있다
내 가난한 늙은 어머니가
이렇게 시퍼러둥둥하니 추운 날인데 차디찬 물에 손을 담그고 무이며 배추를 씻고 있다
또 내 사랑하는 사람이 있다
내 사랑하는 어여쁜 사람이
어느 먼 앞대 조용한 개포가의 나즈막한 집에서
그의 지아비와 마주 앉아 대구국을 끓여놓고 저녁을 먹는다

벌써 어린것도 생겨서 옆에 끼고 저녁을 먹는다
그런데 또 이즈막하야 어느 사이엔가
이 흰 바람벽엔
내 쓸쓸한 얼굴을 쳐다보며
이러한 글자들이 지나간다
— 나는 이 세상에서 가난하고 외롭고 높고 쓸쓸하니 살아가도록 태어났다 그리고 이 세상을 살아 가는데 내 가슴은 너무도 많이 뜨거운 것으로 호젓한 것으로 사랑으로 슬픔으로 가득찬다
그리고 이번에는 나를 위로하는 듯이 나를 울력하는 듯이
눈질을 하며 주먹질을 하며 이런 글자들이 지나간다
— 하늘이 이 세상을 내일 적에 그가 가장 *귀해하고 사랑하는 것들은 모두 가난하고 외롭고 높고 쓸쓸하니 그리고 언제나 넘치는 사랑과 슬픔 속에 살도록 만드신 것이다
초생달과 바구지꽃과 짝새와 당나귀가 그러하듯이
그리고 또 '프란시스 잼'과 도연명과 '라이넬 마리아 릴케'가 그러하듯이

*귀해하고 : 귀여워하다의 평안북도 방언.

## 촌에서 온 아이

촌에서 온 아이여
촌에서 어젯밤에 승합자동차를 타고 온 아이여
이렇게 추운데 웃동에 무슨 두룽이 같은 것을 하나 걸치고 아랫두리는 쪽 발가벗은 아이여
뽈다구에는 징기징기 앙광이를 그리고 머리칼이 놀한 아이여
힘을 쓸려고 벌써부터 두 다리가 푸둥푸둥하니 살이 찐 아이여
너는 오늘 아침 무엇에 놀라서 우는구나
분명코 무슨 거즛되고 쓸데없는 것에 놀라서
그것이 네 맑고 참된 마음에 분해서 우는구나
이 집에 있는 다른 많은 아이들이
모두들 욕심 사납게 지게굳게 일부러 청을 돋혀서
어린아이들 치고는 너무나 큰소리로 너무나 튀겁 많은 소리로 울어대는데
너만은 타고난 그 외마디소리로 스스로웁게 삼가면서 우는구나
네 소리는 조금 썩심하니 쉬인 듯도 하다

네 소리에 내 마음은 반끗히 밝아오고 또 호끈히 더워오고 그리고 즐거워온다

나는 너를 껴안어 올려서 네 머리를 쓰다듬고 힘껏 네 적은 손을 쥐고 흔들고 싶다

네 소리에 나는 촌 농삿집의 저녁을 짓는 때

나주볕이 가득 드리운 밝은 방안에 혼자 앉아서

실감기며 버선짝을 가지고 쓰렁쓰렁 노는 아이를 생각한다

또 여름날 낮 기운 때 어른들이 모두 벌에 나가고 텅 빈 집 토방에서

햇강아지의 쌀랑대는 성화를 받아가며 닭의 똥을 주워 먹는 아이를 생각한다

촌에서 와서 오늘 아침 무엇이 분해서 우는 아이여

너는 분명히 하늘이 사랑하는 시인(詩人)이나 농사꾼이 될 것이로다

## 조당에서

나는 지나(支那)나라 사람들과 같이 목욕을 한다
무슨 은(殷)이며 상(商)이며 월(越)이며 하는 나라 사람들의 후손들과 같이
한 물통 안에 들어 목욕을 한다
서로 나라가 다른 사람인데
다들 쪽 발가벗고 같이 몸에 몸을 녹이고 있는 것은
대대로 조상도 서로 모르고 말도 제각금 틀리고 먹고 입는 것도 모두 다른데
이렇게 발가들 벗고 한물에 몸을 씻는 것은
생각하면 쓸쓸한 일이다
이 딴 나라 사람들이 모두 이마들이 번번하니 넓고 눈은 컴컴하니 흐리고
그리고 길즛한 다리에 모두 민숭민숭하니 다리털이 없는 것이
이것이 나는 왜 자꾸 슬퍼지는 것일까
그런데 저기 나무판장에 반쯤 나가 누어서
나주볕을 한없이 바라보며 혼자 무엇을 즐기는 듯한 목이 긴 사람은

도연명(陶淵明)은 저러한 사람이였을 것이고
또 여기 더운 물에 뛰어들며
무슨 물새처럼 악악 소리를 지르는 삐삐 파리한 사람은
양자(陽子)라는 사람은 아무래도 이와 같었을 것만 같다
나는 시방 옛날 진(晉)이라는 나라나 위(衛)라는 나라에 와서
내가 좋아하는 사람들을 만나는 것만 같다
이리하야 어쩐지 내 마음은 갑자기 반가워지나
그러나 나는 조금 무서웁고 외로워진다
그런데 참으로 그 은(殷)이며 상(商)이며 월(越)이며 위(衛)며 진(晉)이며 하는 나라 사람들의 이 후손들은
얼마나 마음이 한가하고 게으른가
더운 물에 몸을 불키거나 때를 밀거나 하는 것도 잊어버리고
제 배꼽을 들여다보거나 남의 낯을 쳐다보거나 하는 것인데
이러면서 그 무슨 제비의 춤이라는 연소탕(燕巢湯)이 맛도 있는 것과
또 어느바루 새악시가 곱기도 한 것 같은 것을 생각하는 것일 것인데
나는 이렇게 한가하고 게으르고 그러면서 목숨이라든

가 인생이라든가 하는 것을 정말 사랑할 줄 아는
그 오래고 깊은 마음들이 참으로 좋고 우러러진다
그러나 나라가 서로 다른 사람들이
글쎄 어린아이들도 아닌데 쪽 발가벗고 있는 것은
어쩐지 조금 우스웁기도 하다

## 두보나 이백같이

오늘은 정월(正月) 보름이다
대보름 명절인데
나는 멀리 고향을 나서 남의 나라 쓸쓸한 객고에 있는 신세로다
옛날 두보나 이백 같은 이 나라의 시인도
먼 타관에 나서 이 날을 맞은 일도 있었을 것이다
오늘 고향의 내 집에 있는다면
새 옷을 입고 새 신도 신고 떡과 고기도 억병 먹고
일가친척들과 서로 모여 즐거이 웃음으로 지날 것이련만
나는 오늘 때묻은 입든 옷에 마른 물고기 한 토막으로
혼자 외로이 앉아 이것저것 쓸쓸한 생각을 하는 것이다
옛날 그 두보나 이백 같은 이 나라의 시인도
이날 이렇게 마른 물고기 한 토막으로 외로이 쓸쓸한 생각을 한 적도 있었을 것이다
나는 이제 어느 먼 외진 거리에 한 고향 사람의 조그마한 가업집이 있는 것을 생각하고
이 집에 가서 그 맛스러운 떡국이라도 한 그릇 사먹으

리라 한다

우리네 조상들이 먼먼 옛날로부터 대대로 이 날엔 으레히 그러하며 오듯이

먼 타관에 난 그 두보나 이백 같은 이 나라의 시인도

이 날은 그 어느 한 고향 사람의 주막이나 반관(飯館)을 찾아가서

그 조상들이 대대로 하든 본대로 원소(元宵)라는 떡을 입에 대며

스스로 마음을 느꾸어 위안하지 않았을 것인가

그러면서 이 마음이 맑은 옛 시인들은

먼 훗날 그들의 먼 훗자손들도

그들의 본을 따서 이날에는 원소를 먹을 것을

외로이 타관에 나서도 이 원소를 먹을 것을 생각하며

그들이 아득하니 슬펐을 듯이

나도 떡국을 놓고 아득하니 슬플 것이로다

아, 이 정월(正月) 대보름 명절인데

거리에는 오독독이 탕탕 터지고 호궁(胡弓) 소리 삘뻘 높아서

내 쓸쓸한 마음엔 자꾸 이 나라의 옛 시인(詩人)들이 그들의 쓸쓸한 마음들이 생각난다

내 쓸쓸한 마음은 아마 두보(杜甫)나 이백(李白) 같은 사

람들의 마음인지도 모를 것이다

아무려나 이것은 옛투의 쓸쓸한 마음이다

## 산(山)

머리 빗기가 싫다면
니가 들구 나서
머리채를 끄을구 오른다는
산이 있었다

선 너머는
겨드랑이에 짓이 돋아서 장수가 된다는
더꺼머리 총각들이 살아서
색시 처녀들을 잘도 업어간다고 했다
산마루에 서면
멀리 언제나 늘 그물그물
그늘만 친 건넌산에서
벼락을 맞아 바윗돌이 되었다는
큰 땅괭이 한 마리
수염을 뻗치고 건너다보는 것이 무서웠다

그래도 그 쉬영꽃 진달래 빨가니 핀 꽃바위 너머
산 잔등에는 가지취 뻐꾹채 게루기 고사리 산 나물판

산나물 냄새 물씬물씬 나는데

나는 복장노루를 따라 뛰었다

## 적막강산

오이밭에는 벌*배채 통이 지는 때는
산에 오면 산 소리
벌로 오면 벌 소리

산에 오면
큰 솔밭에 뻐꾸기 소리
잔 솔밭에 *덜거기 소리

벌로 오면
논두렁에 물닭의 소리
갈밭에 갈새 소리

산으로 오면 산이 들썩 산 소리 속에 나 홀로
벌로 오면 벌이 들썩 벌 소리 속에 나 홀로

정주 동림 구십여 리(里) 긴 하루 길에
산에 오면 산 소리 벌에 오면 벌 소리
적막강산에 나는 있노라

*배채 : 배추의 평안도 방언.
*덜거기 : 수꿩의 평안북도 방언.

## 마을은 *맨천 구신이 돼서

나는 이 마을에 태어나기가 잘못이다
마을은 맨천 구신이 돼서
나는 무서워 오력을 펼 수 없다
자 방 안에는 *성주님
나는 성주님이 무서워 토방으로 나오면 토방에는 디운 구신
나는 무서워 부엌으로 들어가면 부엌에는 부뚜막에 조앙님

나는 뛰쳐나와 얼른 고방으로 숨어 버리면 고방에는 또 시렁에 데석님
나는 이번에는 *굴통 모롱이로 달아가는데 굴통에는 *굴대장군
얼혼이 나서 뒤울안으로 가면 뒤울안에는 곱새녕 아래 털능구신
나는 이제는 할 수 없이 대문을 열고 나가려는데 대문간에는 근력 세인 수문장
나는 겨우 대문을 빼쳐나 바깥으로 나와서

밭 마당귀 연자간 앞을 지나가는데 *연자간에는 또 연자당구신

나는 고만 디겁을 하여 큰 행길로 나서서 마음 놓고 화리서리 걸어가다 보니

아아 말 마라 내 발뒤축에는 오나가나 묻어 다니는 달걀구신

마을은 온데간데 구신이 돼서 나는 아무데도 갈 수 없다

*맨천 : 사방의 평안북도 방언.
*성주님 : 집을 지키고 보호하는 신령.
*굴통 : 굴뚝의 북한어.
*굴대장군 : 굴때장군. 키가 크고 몸이 굵으며 살갗이 검은 사람을 놀림조로 이르는 말.
*연자간 : 연자매. 일반 맷돌보다 수십 배나 크고 사람 대신 소나 말이 돌리게 되어 능률도 그만큼 높다.

## 칠월 백중

마을에서는 세불 김을 다 매고 들에서
개장취념을 서너 번 하고 나면
백중 좋은 날이 슬그머니 오는데
백중날에는 새악시들이
생모시치마 천진푀치마의 물팩치기 껑추렁한 치마에
쇠주푀적삼 항라적삼의 자지고름이 기드렁한 적삼에
한끝나게 상나들이옷을 있는 대로 다 내입고
머리는 *다리를 서너 켜레씩 드려서
시뻘건 꼬둘채댕기를 삐뚜룩하니 해 꽂고
네날백이 *따배기신을 맨발에 바꿔 신고
고개를 몇이라도 넘어서 약물터로 가는데
무썩무썩 더운 날엔도 벌길에는
건들건들 씨연한 바람이 불어오고
허리에 찬 남갑사 주머니에는 오랜만에 돈푼이 들어 즈벅이고
*광지보에서 나온 은장두에 바늘집에 원앙에 바둑에
번들번들하는 노리개는 스르럭스르럭 소리가 나고
고개를 몇이라도 넘어서 약물터로 오면

약물터엔 사람들이 백재일 치듯 하였는데
붕가집에서 온 사람들도 만나 반가워하고
깨죽이며 문주며 섶자락 앞에 송구떡을 사서 권하거니
먹거니 하고
그러다는 백중 물을 내는 소내기를 함뿍 맞고
호주를 하니 젖어서 달아나는데
이번에는 꿈에도 못 잊는 붕가집에 가는 것이다
붕가집을 가면서도 칠월 그믐 초가을을 할 때까지
평안하니 집살이를 할 것을 생각하고
애끼는 옷을 다 적시어도 비는 씨원만 하다고 생각한다

*다리 : 과거 여자들의 머리숱을 많아 보이게 하려고 덧대어 드리우던 딴머리.
*따배기 : 곱게 삼은 짚신.
*광지보 : 광주리 보자기.

## 남신의주 유동 박시봉방

어느 사이에 나는 아내도 없고, 또,
아내와 같이 살던 집도 없어지고,
그리고 살뜰한 부모며 동생들과도 멀리 떨어져서,
그 어느 바람 세인 쓸쓸한 거리 끝에 헤매이었다.
바로 날도 저물어서,
바람은 더욱 세게 불고, 추위는 점점 더해 오는데,
나는 어느 목수(木手)네 집 헌 *삿을 깐,
한 방에 들어서 쥔을 붙이었다.

이리하여 나는 이 습내 나는 춥고, 누긋한 방에서,
낮이나 밤이나 나는 나 혼자도 너무 많은 것같이 생각하며,
*딜옹배기에 북덕불이라도 담겨 오면,
이것을 안고 손을 쬐며 재 위에 뜻없이 글자를 쓰기도 하며,
또 문 밖에 나가지두 않구 자리에 누워서,
머리에 손깍지베개를 하고 굴기도 하면서,
나는 내 슬픔이며 어리석음이며를 소처럼 연하여 쌔김

질하는 것이었다.

내 가슴이 꽉 메어 올 적이며,

내 눈에 뜨거운 것이 핑 괴일 적이며,

또 내 스스로 화끈 낯이 붉도록 부끄러울 적이며,

나는 내 슬픔과 어리석음에 눌리어 죽을 수밖에 없는 것을 느끼는 것이었다.

그러나 잠시 뒤에 나는 고개를 들어,

허연 문창을 바라보든가 또 눈을 떠서 높은 천정을 쳐다보는 것인데,

이때 나는 내 뜻이며 힘으로, 나를 이끌어가는 것이 힘든 일인 것을 생각하고,

이것들보다 더 크고, 높은 것이 있어서, 나를 마음대로 굴려가는 것을 생각하는 것인데,

이렇게 하여 여러 날이 지나는 동안에,

내 어지러운 마음에는 슬픔이며, 한탄이며, 가라앉을 것은 차츰 앙금이 되어 가라앉고,

외로운 생각만이 드는 때쯤 해서는,

더러 나줏손에 쌀랑쌀랑 싸락눈이 와서 문창을 치기도 하는 때도 있는데,

나는 이런 저녁에는 화로를 더욱 다가 끼며, 무릎을 꿇

어보며,

어느 먼 산 뒷옆에 *바위섶에 따로 외로이 서서,

어두워 오는데 하이야니 눈을 맞을, 그 마른 잎새에는,

쌀랑쌀랑 소리도 나며 눈을 맞을,

그 드물다는 굳고 정한 갈매나무라는 나무를 생각하는 것이었다.

*삿 : 갈대를 여러 가닥으로 줄지어 매거나 묶어서 만든 자리.
*딜옹배기 : 질옹배기. 아가리가 넓게 벌어진 둥글넓적한 질그릇.
*바위섶 : 바위 옆.

# 작가 소개

백석의 본명은 백기행(白夔行)으로 1912년 평안북도 정주군에서 태어났다고 알려져 있다. 필명은 백석(白石)과 백석(白奭)이 있었는데 주로 백석(白石)을 많이 사용하였다. 일본의 시인 이사카와 다쿠보쿠(石川啄木)의 시를 너무나도 좋아하여 그의 이름에 있는 석(石)자를 필명으로 사용했다고 한다.

1918년 오산소학교에 진학하여 1924년 그는 오산소학교를 졸업했다. 이후 오산고등보통학교 입학하였다. 이전에는 문학에 크게 관심을 가지고 있지 않았으나 오산학교 재학생들의 문학에 대한 열정에 영감을 받아 그때부터 문학에 관심을 가지게 된 것으로 알려져 있다. 동기의 회고에 따르면 백석은 학과 공부에만 치중하는 학생들을 속된 학생들로 보았을 정도로 문학에 대한 애정을 지녔던 것으로 보인다.

1930년 《조선일보》 신년현상문예에 단편소설 〈그 모와 아들〉이 당선되면서 처음 문단에 등단했다. 이후 조선일보사가 후원하는 장학생으로 일본의 아오야마학원에서 영문학을 공부했고 1934년 귀국하여 조선일보사에 입사했다.

1935년 조선일보에서 시 '정주성'을 발표하며 본격적인 작품활동을 시작하였으며 1936년 시집 《사슴》을 간행하여 문단에 데뷔하였다. 당시 《사슴》의 가격이 2원이었는데, 다른 시집과 비교하였을 때 2배 가량 더 비싼 가격이었다고 알려져 있다. 경성문화인쇄사에서 100부 한정판으로 찍어내어, 나중에는 구하기가 상당히 어려웠다.

백석은 당시 문단에 유행하던 모더니즘의 영향을 받으면서도 향토색이 짙고 민속적인 소재를 바탕으로 한 자신만의 시 세계를 선보였다. 서북방언을 넣기도 하고 고어와 일상의 표현들을 그대로 작품 속에 담아 내었는데, 당시 시대적 배경이 일제강점기인 것으로 미루어보아 우리말을 지키려는 노력과 의지가 상당한 것임을 알 수 있다.

시인 백석은 조선일보사를 그만두고 함경남도 함흥의 영생여자고등보통학교에서 영어 교사로 일하다가 1938년 다시 서울로 돌아왔다. 이후 조선일보 출판부에서 잠깐 편집자로 일을 하다 사직하고 만주 신경으로 떠나 세관 업무를 담당하는 일을 하였다. 1945년 해방 후에는 고향인 정주로 돌아왔고 고당 조만식 선생의 일을 돕기도 하였다. 그 와중에도 스스로의 작품활동은 계속 진행 중이었다.

6.25전쟁 이후에는 북한에 계속 머물며 번역과 작품활동을 하였다. 1963년 숙청을 당해 사망한 것으로 알려져 있었으나 최근 연구에서 1996년까지 농사꾼으로 살다가 사망했다는 내용이 밝혀졌다. 백석은 윤동주, 김소월과 더불어 우리나라를 대표하는 시인으로 손꼽히고 있으며 현재까지도 많은 사람들에게 사랑을 받으며 읽혀지고 있다.

## 작가 연보

1912년 평안북도 정주에서 백용삼의 장남으로 태어남. 본명은 백기행.

1918년 오산 소학교 입학했다.

1924년 오산고등보통학교에 입학. 동문들의 회고에 의하면 재학시절 오산 학교의 선배 시인인 김소월을 매우 선망했었고, 문학과 불교에 깊은 관심을 가짐.

1930년 조선일보의 작품 공모에 단편 소설 [그 모(母)와 아들]을 응모, 당선하여 소설가로서 문단에 데뷔함.

1934년 아오야마학원 졸업. 귀국 후 조선일보사에 입사하면서 본격적인 서울 생활을 시작함. 출판부 일을 보면서 계열잡지인 〈여성(女性)〉지의 편집을 맡음.

1935년 8월31일 시 [정주성(定州城)]을 조선일보에 발표하면서 이후 시작품에 더욱 정진함. 〈조광(朝光)〉지 편집

부 일을 봄.

1936년 1월 20일 시집 {사슴}을 선광인쇄주식회사에서 100부 한정판으로 발간.

1937년 영생여자고등학교 교사로 재직하면서 함흥시의 러시아인이 경영하는 상점에 자주 나가 러시아말을 배움. 이후 러시아 문학을 번역하여 출간하기도 함.

1938년 영생여자고등학교 교사직을 그만두고 서울로 돌아옴. 같은 해 3월 〈여성〉에 〈나와 나타샤와 흰 당나귀〉를 발표.

1940년 만주국 국무원 경제부에서 6개월 가량 근무하다가 곧 사직하고, 북만주의 산간오지를 기행함.

1945년 해방과 더불어 귀국, 신의주에서 잠시 거주하다 고향 정주로 돌아옴.

1961년 12월에 그의 마지막 시작품 〈돌아온 사람〉 등 3편을 〈조선문학〉 지에 발표함. 그 이후의 행적은 정확히 확인되지 않음.

1996년 최근 연구로 인해 1996년까지 농사를 짓다가 사망했다는 내용이 드러났지만 정확한 정보는 알려져 있지 않다.

청산학원 3학년에 재학 중일 때의 백석.

백석 시인이 교사로 재직할 때의 사진.